KB202157

치밀한 빈틈

문학들 시인선 038

박종화 시집

치밀한 빈틈

문학들

배신과 배반
분열의 분탕질과 뇌피셜에 빠진 이간질 따위가
시 한 편도 아니고
한 권의 시집 전체의 주제가 되어야만 하는 삶을 살았나 보다

내가 아직도
혁명이란 용광로에 붉은 심장을 녹여버리고 싶은 이유일 뿐
버겁지 않다
비참하지도 않다

이번 시집은
비열한 인간사를 마주하면서
시가 솟는 대로 그대로 나열하기만 했다
그저 가나다순으로 배열만 한 채로 출간한다

케케묵은 옛이야기일지언정
관계의 본질은 예나 지금이나 다르지 않다
내 관에 못이 쳐지기 전까지
분노와 적개심은 경계의 심장을 향하리니

나의 모든 무기여
일분일초를 긴장하라

2025년 4월,

박종화

차례

5   시인의 말

제1부

13   가늠할 수가 없다

15   계급이 있구나

16   계급의 이유

18   귀

19   그대의 적당

20   꽃이 말한다

21   꽃이라고

22   끝내준다

24   나의 자유

26   남 탓

29   내가 나를 죽이고 싶을 때

30   너도 족보는 있다

31   눈

32   늘 흔들렸다

35   늦다

36   단무지 한 점도 먹지 마라

38   더 크다

39   더룬새끼

42   돈과 명예

43   때로는 자연스럽다

44   마스크와 진실

45   만악의 근원

47   말하지 않았다

48   모른다

49   무조건

50   미물마저 배신을 응징한다

51   믿는다

52   믿음과 우려

53   밀감 한 상자

54   밀정

55   바보가 된 배신감

56   밥을 먹다가

58   배신감

59   배신의 논리

61   배신자 하나 주머니에 넣고 조사를 받는다

65   보이지 않는 조작

67   복수

68   부지기수다

71   빨갱이 놀이

73   사람과 개와 정치

75   사랑과 증오

76   사상의 술잔

78   산증인은 그대

80 상념

82 상한 리얼리스트 전사

83 서울대 출신

84 선

85 소나무의 구별법

86 속성에 대한 단상

88 수군거리더라

89 승리

90 시대가 달라졌어요

92 시효가 없는 양심

93 아

94 아빠 그리고 배신

98 악령의 동지

100 안전한 남자 문재인

102 양아치의 가을

103 어금니

104 어둠의 복수

105 어렵다

106 여기

108 옛날에 문재인이란 사람이 있었다

111 완장

113 원인

114 위원장 선생

116 이왕 그러려거든

118 인간뿐이다

119 잣대

121 지금부터 있다

122 진실 1

124 진실 2

125 집단 무뇌

126 쪼다새끼들

130 차암 더럽다

131 충분히 속았다

132 치밀한 빈틈

134 한때 동지

135 행복할 시간이 없다

136 현실

138 환장하겠구나

140 회색빛 사진

141 흐린 날 노래가 없었다면

145 **발문** 박종화의 사랑에 동의한다 _ 김해화

제1부

가늠할 수가 없다

20대가 되어
선배들이 거리에서 시위하자고 해서 한 것이지
내가 하고 싶어 나선 것은 아니었다
선배들이 하자고 해서 사회과학 학습을 한 것이지
내가 하고 싶어서 한 것은 아니었다

30대가 되어
사회단체들이 정권에 반대하자고 해서 반대 운동에 나
선 것이지
스스로 나선 것은 아니었다

40대가 되어
조직에서 직책이 있어 징역을 간 것이지
징역을 각오하고 간 것은 아니었다

50대의 끄트머리에서
토착 왜구에 대한 반대도 남들이 하니까 눈치를 본 것이지
마음은 별 관심도 없었다

아
무슨 놈의 인생이 이 모양인가
이런 삶이 지구에서 도대체 몇이나 있을지
난 가늠할 수가 없다

계급이 있구나

누가
원수를 사랑하라고 했는가

아
그렇구나

사랑에도
계급이 있구나

백배 천배로 갚아야 할 배신 덩어리가 있는 나는
감히 상상도 못 할 높이에서
원수를 사랑하라고 뇌까리는
가진 자의 여유 있는 사랑이 있구나
병 주고 약을 주는 계급이 있구나
양면을 모르고 한 면만 아는 맹목의 계급이 있구나
말과 행동이 맞지 않는 갈지자 계급이 있구나

계급의 이유

내가
주체의 노동자로 발버둥 치는 것은
자본과 노동을 계산할 때
자본은 접고 일단 노동부터 계산하기 때문이 아니다
자본과 노동을 똑같은 위치에 놓고 바라보기 때문이다

피해자와 가해자도 약자와 강자도 종과 주인도 마찬가
지다
지평과 수평의 자리에 똑같이
똑같이 놓고 정확히
정확하게 직시하기 때문이다

내가
싸우는 노동자로 무장하는 것은
아무리 평평한 저울에 달고 계산해 봐도
자본가의 재산이 도둑질한 재산이 되어 무겁다는 것이다
인정할 수 없는 간악한 재물이란 것이다

내가

두려움 없는 노동의 계급장을 달고서도
배반을 두려워하는 것은
배반이라는 것 자체가
이 평등의 뇌를 부숴버리고
돈과 제 잇속의 편을 들기 때문이다

귀

들을 때마다 심장이 느끼는 건데
저음이 제대로 채워지지 않는 핸드폰의 음악 소리

이어폰도 없이 그냥 듣는 것이 습관으로 되면
기초가 부실한 뇌의 반복에서
거친 정서가 만들어진다

우울증 걸리고 싶어서 걸리는 것 아니다
조울증 찾아서 걸리는 것 아니다
문제가 쌓이면 필연처럼 나타나게 마련이다

왜곡과 거짓을 생각 없이 반복해서 들으면
진실이 밀려나버리고
그 틈을 타고 들어온 배반은
진실의 귀가 된다

그대의 적당

가을을 걷다가 바라본
그대의 적당은 무엇인가

그대를 권력에 팔아서
자신의 배를 채우는 배반의 동지를 봤을 때
그대의 적당은 무엇인가

독재에 항거하는 거리에서
권력의 총을 맞고 쓰러지는 딸을 목도했을 때
그대의 적당은 무엇인가

80억 인구가 전부 다른 부피와 높이
다른 강도로 버무려진
적당이란 두 글자 중에서
그대의 적당은 어디에 있고
정체는 무엇인가

꽃이 말한다

예쁘다고만 말해
활짝 피워줘서 고맙다는 말은 하지 마

널 위해 피는 것이 아니라
살기 위해 피는 것이거든

꺾지 않고 바라봐주고
코 가까이 향도 맡아주고
사진도 찍어주니 외려 내가 고마운 거지

좋다고만 말해
감사하다는 말은 하지 마

널 위해 피는 꽃은
지구상에 단 하나도 없으니까

내가 피어나는 것은
너의 눈과 코를 조금 달뜨게 해주면서
너의 보살핌을 받으려는
치밀한 계획일지도 몰라

꽃이라고

꽃이라고 늘 웃는 줄 아니
서러울 때도 있어 그것도 꽃마다 표정이 달라

꽃이라고 늘 기쁘진 않아
오늘은 너에게 기쁜 꽃이 내겐 슬퍼
내일은 너에게 우울한 꽃도 내겐 화사할 거야

꽃이라고 늘 내 편인 줄 아니
배반한 원수 놈의 가슴에 내려앉을 때도 있어

달라

끝내준다

배반자를 배반자라고 삿대질을 하니까
배반자가 웃통을 까고 나서서 돌을 들더니
죽이고 감옥 가겠다며 발악한다
끝내준다
박수

심심하면 감옥 드나들더니
돌아버린 건가

사람 죽이면 너도 죽어
감옥이 문제 아냐

극한 분노를 제어하지 못한 채
죽일 거면
돌로 쳐 죽일 거면
세종 때 진주에서 난 살인 사건처럼
배를 갈라 창자를 꺼내서
아그작아그작 씹어먹으렴
남은 것은 목에 걸고

그래야
분노를 조금이나마 삭이지 않겠니

출세와 안일만을 향한 늙어빠진 결의
진짜 끝내준다
그래 박수다

나의 자유

양심의 자유란
내가 옳다고 하는 것
내가 선하다고 생각하는 것
내가 어질다고 확신하는 것을
맘대로 결정할 수 있는 자유를 말한다
그러니 양심이 있고 없고를 함부로 말하지 마라

종교의 자유란
내 두 손이 만지고 싶은 것
내 두 다리가 가고 싶은 곳
내 두 눈이 보고 싶은 곳으로부터
하등의 저항을 받지 않는 믿음의 자유를 말한다
라틴어의 어원을 보면
영어 릴리젼의 어원이 된 릴리가레는
두 손을 뒤로 묶는다는 뜻이다
심하게 말하면 묶어놓고 무조건 믿으라
라고 윽박지르는 것이다
그러니 나를 묶지 말아다오

사상의 자유란

내가 태어난 이유

내가 살아가는 이유를 뜻하는 것이다

이것은 내가 정리한 내 삶의 방식이다

그러니 내 걱정은 말고 그대 삶이나 잘 챙기시라

이 모든 자유에서 도통 자유롭지 못한 채

자신의 양심이 감옥에 갇혀 있는 줄도 모른 채

가진 자만의 정의를 외치는 허망한 반동의 세월이여

그 누구도 나의 목숨을 결정할 수 없다

어떤 순간에도 내 목숨은 내가 결정하는 것이다

세상이 나를 죽인들 그 죽음마저 내가 결정하는 것이다

내 운명은 내가 결정하는 것이다

그것만이 나의 자유다

남 탓

유좆무죄 무좆유죄
유젖무죄 무젖유죄

젖은 좆을 탓하고
좆은 젖을 탓하고
내 좆이 네 젖 때문이라고
내 젖이 네 좆 때문이라고
서로 으르렁대고 싸우다가
절벽 끝에 이르면
빼도 박지도 못하고
어정쩡하게 돌아서는
좆과 젖들의
남 탓

유좆통일 무좆분단
유젖통일 무젖분단
나라의 통일도 좆 때문이라고
나라의 분단도 젖 때문이라고
가자 좆으로

오라 젖으로
싸우자 좆같은 젖강에서
를 외치면서 몰아쳐 갈 날도
얼마 남지 않을 것만 같은
팽팽한 좆젖 간의
탓질

유행 따라
사회 분위기 따라
승자가 제멋대로 바뀌는
지지리도 못난
좆대가리와 젖탱이들의
개좆 같은
돼지 젖 같은
남 탓

배신의 출발 남 탓
진영의 잇속을 위한 배반의 도구 남 탓
아무리 봐도 써먹을 때 없는데

지금은 최고의 몸값을 올리고 있는

탓질

내가 나를 죽이고 싶을 때

저런 족속을 불러들여 일을 함께했다니
저런 인간을 사람 취급하며 이름을 불렀다니
저런 족속을 동지라고 부르며 살았다니
저런 것을 믿고 의리와 사랑을 노래했다니

저런
저런

나를 죽이고 싶을 때는
정작 내가 잘못했을 때가 아니다

너도 족보는 있다

세상에 태어나
할머니 없고 어머니 없는 자 하나도 없다

개도 족보는 있다
엄마든 딸이든 위아래 아무 데나
엉겨 붙는

배신은
영락없이 개자식을 닮았다
아무 데나 엉겨 붙는

눈

속을 보라

흐르는 눈물 속에 감춰진
심장의 박동을 보라
활짝 짓는 미소 속에 웅크린
뇌의 가느다란 미동을 보라

흔들리는 꽃잎보다는
아니 움직이는 뿌리의
속을 보라

늘 흔들렸다

그의 눈은 늘 흔들렸다
뭔가를 두리번거리는 듯한 눈빛은
외려 나를 불안하게 했다
강한 어조로 민족을 노래했지만 그 목소리는 갈라져 있
었고
유려한 입놀림으로 제3세계의 저항을 말했지만
결론도 없는 목소리는 늘 쉬어 있었다

수많은 노정을 넘던 청춘
거리에서 쓰러지고
대공분실에서 엎어지고
징역에서 살 마디마디 얼어 터지고
다시 사거리에서 피 흘리고
다시 남영동에서 눈알이 뒤집어지고
다시 감옥에서 온몸으로 외로움을 느낀 채
바들바들 떨면서 돌고 돌아
돈 뺏기고 사랑 뺏기고 이름 뺏기고
피똥을 질질 흘리는 병든 알거지가 되고 난 다음
목구멍에 집어넣을 지폐 몇 장

겨우겨우 주워 담더니
어언 불혹 즈음에

지나온 것들을 후회하고
모든 사상과 양심을 반납하고
나는 전향한다
초심으로 돌아가겠다

결국
그대의 초심이
어머니 배 속에서부터 반공이었는가
아장아장 걸으면서부터 권력 만세 자본 만세였는가
도대체 그런 임신이 어딨는가
도대체 그런 초심이 어딨는가

지천명을 걸어 회갑 전에 앉아 있는
지저분한 너의 눈동자는 지금도
여전히 흔들리고 있다

나는 그대가

왜 이렇게까지 살아야 하는지를

절대로 모른다

늦다

감기도 걸렸구나 싶으면 이미 늦다
만남도 만나서 행동이 이상하다 싶으면 이미 늦다
배신도 해가 뜨고 내게 다가왔을 때는 이미 늦다

감기나
만남이나
배신이나

대처는
끌리는 게 아니라
끄는 것이다

단무지 한 점도 먹지 마라

검증되지 않은 자와 어떻게 일을 같이하겠는가
수십 년 동안 제 밥벌이에 미쳐 살다가
이제야 와서 만인을 위해 싸우겠다는 이를
어찌 믿으라는 말인가
그저 봉사하고 먹고사는 곳이 아닌
나를 다 내놓아야만 길이 보이는 첩첩산중 이 한 점에서
돈이 있는 곳보다 없는 곳의 편에 서야 하는
가시밭길의 한 중앙에서
그럭저럭 이름표를 다는 곳이 아닌
물러설 곳도 없는 전선에서
민중과 겨레와 인류를 위한 전초기지에서
무엇을 어떻게 무슨 이유로 그를 믿으라는 말인가
어디서 뭘 하고 돌아다녔는지도 제대로 모르면서
잊힐 만한 즈음에 겨우 얼굴 내민 이를
어찌 감당하려는가

하찮은 단무지 한 점을 집어먹더라도
검증되지 않은 것은 아예 손도 대지 마라
돌아온 탕아는 예수나 받아들이는 것이지

조직이 할 일은 절대로 아니다

더 크다

적에게 느낀 치졸감 열보다
내 편에게 느끼는 치졸감 하나가

남에게 느끼는 배신감 백보다
가족에게 느끼는 배신감 하나가

알맹이는 사라지고 껍질뿐인 승리 천보다
동지의 피어린 패배 하나가
더 크다

매우
더 크다

더룬새끼

요즘
몸 상태가 안 좋아서 잘 받지 않는 전화
어쩌다가 엉겁결에 받았더니
위로라고 던지는 말이

평생을 예술에만 빠져 살았으니 행복하겠쑤

나도 그랬다고 생각했는데
곰곰이 생각하니 안 해 본 것이 없어부러야
100개는 훌쩍 넘는 종류의 일을 가져 봤고
도둑질도 허고 사기도 치고
허벌청청 다양허니 사랑도 해불고
엄니가 허지 마라는 일만 골라서 험서
진짜 엉망진창으로 살아부렀이야
교수실 컴퓨터를 돔바오질 않나
서점에서 수백 권의 책을 쓸어오질 않나
넘으집 개를 잡어다가 솥단지 걸고 삶아 묵질 않나
더룹고 더룬 광주천에서 고기 잡어다가 팔아묵질 않나
하루에도 서너 가시내 정도는 누워서 떡 묵기 맨치로 바

까치우질 않았나
　한 달이고 두 달이고 노름을 허질 않았나
　쌈 붙으믄 사시미칼 겁 없이 저서불질 않았나
　군대 시절 전방에서 총 들고 탈영을 허질 않았나
　하여튼 간에 조까튼 짓이란 짓은 안 해 본 것이 없응께로
　어찌 글로다가 다 쓰것능가
　그랑께 행복 같은 소리는 허덜 말어부러
　아직도
　전대병원 시체 쟁여놓은디 담 넘어 가서
　금이빨 빼 온 추억에 젖어 사는 놈이란 말이여

　한마디로
　오메
　더룬새끼
　고것이 바로 내 이름이랑께

　근디
　진짜 더룬새끼는 따로 있다는 것을
　오늘 티비 보고 알아부렀이야

조직에서 혁명적 의리로 맺은 동지가
원쑤놈이 돼가꼬 주뎅이를 나불거리고 있어부러야
나는 앙긋도 아니고 저 새끼야말로 진짜 더룹고 더룬
인간말종새끼 것이여

돈과 명예

바람이 비를 만나 폭풍우가 되는 날 꼭 있듯이
인간이 돈을 만나 배신이 되는 날은 반드시 있다

눈이 바람을 만나 설한풍이 되는 날 꼭 있듯이
사람이 명예를 만나 배반이 되는 날 반드시 있다

배신의 원흉은 돈이거나
배반의 본질은 명예이거나

이 정처 없는 세상에서
성공이란 게 돈과 명예에 있고
배신과 배반이란 것도 거기에 뿌리가 있다

정치관이 달라졌다는 것도
사상관이 달라졌다는 것도
돈과 명예 앞에서는 한낱 거짓말에 불과하고
그냥 배신일 뿐이다
그냥 배반일 뿐이다

때로는 자연스럽다

배신이란 게
따로 있는 게 아니다
배반이란 게
멀리 있는 게 아니다

함께 가자고 나를 끌어들인 사람이나 집단이
홀연히 다른 길을 택하고 사라질 때
현실을 인정하고 양해를 구하지 않고
구차한 변명이나 늘어놓으면서
자기 단위의 오류는 결코 인정하려 들지 않는
오만이 거리낌 없이 작동했을 때

때로는 배신이 아주 자연스럽다
때로는 나와 배신이 바뀌어버리기도 한다

마스크와 진실

뒷모습이 영락없이 죽마고우 영철이 같아서
달려가 어깨를 탁

놀라서 돌아본 그를 향해
다시 한번 어깨를 탁

- 어디 가니
- 너 누구여

보고도 모른다
반쯤 가려진 진실
마주 보고도
모른다

만악의 근원

계급의 야만을 부르짖는 자가
정작 자신의 야만을 모른다면
그는 계급보다 더 나쁜 자이다

권력의 내로남불을 외치는 자가
정작 자신의 내로남불을 모른다면
그는 권력보다 더 사악한 자이다

밀정의 인간성 파괴를 노여워하는 자가
정작 자신의 배반을 합리화한다면
그는 인간도 아니다

일본 제국주의 강점자보다
부역 매국노를 먼저 처단해야 할
근본 이유는 동지와 조직을 파는 데 있지 않고
자신의 양심을 팔아버린 데 있다

한 번의 배반은
백 번 배반의 시작일 뿐이며

분열과 원쑤의 씨앗이며
만악의 근원이 된다

말하지 않았다

학창 시절 반독재를 함께 외치던 자가
독재의 소굴에 있는 것을 보았다

전액 장학금을 탄 조직의 한 동지가
반을 나눠주었던 자다

돈 없다고 휴학하지 말고
민주를 위해 함께 싸우자고
웃으며 건네주고
정작 자신에게 필요한 등록금 절반의 돈을 위해
중흥아파트 건설현장으로 향했던 그 동지에겐
말하지 않았다

그를
어둠의 소굴에서 보았다고
말하지 않았다

모른다

개구리를 물이 담긴 가마솥에 넣으면
우물 안 제집인 줄 알고
세상에서 제일 편한 자세로 있다가
아주 서서히 솥 물이 달궈지면
점차 따뜻해지는 물에 그냥 젖어 있다가
마침내 뜨거운 줄도 모르더니
잠을 좀 자야겠다는 생각으로 눈을 감는다

죽어버린 줄도
모른다

배신이 만든
가마솥에 빠지면
이미 죽은 줄도 모르고

죽어놓고
산 것인 양

무조건

정치인들 말은 무조건
거짓말이다

아무리 증거를 내밀어도 무조건 거짓말이다
법원에서 무죄판결을 받아도 무조건 거짓말이다
그들의 말을 거짓이라고 선동해서
설사 징역을 사는 한이 있어도
무조건 거짓말이다

대의를 위해서 내 자리 주겠다
조직을 위해서 험지로 간다
나라를 위해서 나를 버리겠다
완전히 거짓말이다

스스로 돌아보라
너희들의 족적을

미물마저 배신을 응징한다

깊은 밤
청둥오리가 모여 잠자는
방죽에서 그들을 꼬아 본다

모든 침묵을 동원한 채 기어들어
심호흡 한번 하고 뜰채로 오리를 낚아챘으나
실패했다

다음 날 방죽에는 어제 보초를 섰던 오리 한 마리
죽은 채로 물 위에 떠 있었다

무리 속에서 보초의 임무를 방기한 배신은
죽음뿐이란 것을 내게 가르치고
오리들은 떠났다

* 청둥오리는 자연에서 무리 지어 살고 잘 때는 반드시 보초를 세우고 자는 습
  성이 있다

믿는다

내가 돈과 명예에 집착했다면
어릴 적 유일한 꿈이 부자가 되는 것이었던 내가
그 꿈을 키우며 돈을 세고 완장 놀이에 빠졌더라면
지금의 나로 살 일은 단 한 가지도 없으리
단언컨대 나는
마을 최고의 악질이 되었으리

내가
나에게
나로 인해
나를 믿는다

오늘의 명예와 이름과 지금의 돈으로 사는 일이
인생 최고의 행운임을
믿고 또 믿는다

믿음과 우려

우려는
믿음에서 옵니다
너무 강하게 믿으면
눈에 보이는 것은 한 가지뿐이란 것을
경험한 적이 있음에도 쉽게 반복해서 바라봅니다

만약에
또는 혹여라도
이런 말을 쓰게 된다면
믿음을 확인해 봐야 합니다

우려는 그 이유가 있습니다
이유 있는 우려가 현실이 되지 않을 것은 없습니다

가장 현명하다고 스스로 생각하는 이들의 뒤를 보면
가장 미련한 짓을 하며 사는 일도 부지기수입니다

우려는 섣부른 믿음에서 비롯됩니다
믿음을 확인해 봐야 하는 이유입니다

밀감 한 상자

열어 보니
튼실한 귤들

밑으로 갈수록
숨겨진 자잘한 귤들

배신감으로 가득 찬 상자
그 속에 나도 있다

겉만 튼실한 척
속은 자잘자잘한 나

달달한 귤이
쓰다

밀정

화내는 법도 없이 매일같이
붉은 사랑을 눈으로 말한다

그의 덫에
걸려들기 전까지는

바보가 된 배신감

저런 것이 무슨 선배냐고
저런 것이 무슨 동지냐고
저런 것이 무슨 대통령이냐고
저런 것도 사람이냐고

그렇게 게거품을 물던 사람들이 다시

그런 것들 옆에 서서 사진을 찍고
그런 것들 뒷등 앞에 서 있다

아무런 설명도 없이
그 흔한 변명 하나 없이

밥을 먹다가

남의 글씨나 그림
티 나지도 않게 흉내를 내는 것은 길어야 하루면 족하다
그런 창작의 원본은 대개 평생을 바쳐 이루어진 것들이다
땀은 물론 간도 쓸개도 온 밤낮 다 내주고
피눈물로 이룬 것들이다

밥 한 톨도 그렇다
때론 의미 없이 입에 넣기도 하지만
광대무변의 자연이 피눈물로 만들어 낸 것이다

이 엄청난 창작물과도 같은
이 위대한 자연의 생산물과도 같은
해방운동의 원리와 철학을 몽땅 지고 살던 이가
하루아침에 변절하여 우릴 겨누는 적의 총알이 되는 것은
아무리 길어야 하루 나절이면 족하다

수만의 투쟁으로 쌓아 올린 민중의 양식
예술과 밥 그리고 해방
그리고 하룻나절만의 배신

사람이 사람을 파는
사람이 사람을 죽이는
사람이 사람을 씹어 먹는
악마의 좆 대가리 같은 것 때문에

밥이 씹히질 않는다

배신감

가슴에 새겨온 역사 헌법에 새겨 계승하겠습니다
(2017. 5. 18.)
진상 규명과 책임자 처벌은 철저히 이뤄질 것입니다
(2019. 4. 16.)

말뿐인 저 얼굴
입과 손발의 부조화
적당히 흉내만 내는 양심

도저히
도저히
극도의 배신감을 느끼지 않을 수가 없다

한 번도 경험해 보지 못한 나라를 만들겠습니다
(대통령 취임 선언문 중 일부)

배신감이란
이런 것이다

배신의 논리

나를
배신자라고 공격하면
아니다고
통일운동 하다가 체제 반란 사상을 접하고 나서
나라 말아먹을 곳에서 빠져나왔다고
대한민국에서 통일운동은 틀렸다는 생각을 하고
그래서 나왔다고

나를
밀정 일을 하는 극우 반동의 선봉장이라고 공격하면
아니다고
통일운동의 불온사상은 나라를 망하게 할 폭탄으로 생
각하고
이왕이면 나같이 그 폭탄의 속을 잘 아는 사람이
제거하는 곳에 들어가는 것이 좋겠다는 결심을 하고
그래서 자발적으로 들어갔다고

나를
조직의 동지를 팔아먹은 배신자라고 공격하면

아니다고
동지라고 생각한 적이 없다고
단호하게 빨갱이를 동지라고 생각한 적이 없다고

나를
사건 조작자로 몰아붙이면서
내가 조작한 단체는 이미 법원의 무죄판결을 받았다고
공격하면
아니다고
그것은 법의 판결이고
나의 잣대는 여전히 또 처벌되어야 할 이적단체일 뿐이
다고

그러면 된다
난 애국자 외엔
아무것도 아니다

배신자 하나 주머니에 넣고 조사를 받는다

이름 말하세요
첫 대면에 나의 이름을 묻는다

천장에서 카메라가 돌고 있고
어디선가 여럿이서 나를 쳐다보고 있고
몸짓 하나 눈빛 하나 일거수일투족을 쳐다보고 있고
불안해하는 나의 마음을 읽어내고
거짓말을 하는 지점을 찾아내려 혈안이 되어 있고
시간이 지나면 내 앞의 수사관은
그들 중의 한 명과 교대를 하고
심문은 계속되고
또 시간이 흐르면 다시 그들끼리 교대를 할 것이다
나는 교대도 없이 앉아 있고

이름이 뭐지요
대답 없는 내게 다시 묻는다

정해진 교리에 따라
나를 심리적 수렁으로 몰고 가기 위해

엄니가 편찮으시던데 잘 계시냐며
말하지 않으면 노모를 찾아가겠다는
보이지 않는 협박을 얹히고
여자가 예쁘던데 언제 만났냐며
메일과 수첩으로 사생활을 다 까 봤다는 돌려치기 표현
을 하며
누구누구도 거쳐 갔다며
기고 날고 해 봐야 여기 오면 다 자백한다는 공포를
웃음 띤 친절로 포장하면서
때론 간사한 가족 걱정도 해주고
때론 전사답다는 더러운 칭찬도 가미해주고
때론 국밥도 같이 먹어주고
때론 에덴동산의 사과 같은 소주도 큰 잔으로 한 잔
인심 쓰듯 따라주겠지
그래 그러겠지

그들의 심문의 방법을 너무나 잘 아는 만큼
나도 대응을 하겠지
체력이 소진되어 잠이 쏟아지고 더는 버티기가 힘들게

되면
　진짜 중요한 정보 하나를 주겠다며
　우리 조직을 배신한 놈 하나 주머니에서 꺼내 주겠지
　그러면 수사관은 지금 장난하냐며 화를 내겠지
　그러면 나는 대책 없이 터지는 웃음을 참느라 입술을 깨
물겠지
　그 와중에서도 내 말이 사실임을 강조하기 위해
　그놈이 배후 조종자라며 꼭 잡아야 한다며 힘주어 말하
겠지

　이름 박종화 맞지요
　그가 스스로 묻고 스스로 답하면서 적고 있을 때
　나는 탁상 위에 얹힌 내 손을 본다
　불안한 듯 꼬불거리고 있는 것은 아닌지
　의자 아래 발을 내려다본다
　초조한 듯 불안하게 움직이는 것은 아닌지
　슬그머니 양손을 오므리고
　자연스레 한 다리를 척 꼬면서
　표정 없이 대답을 시작한다

알면서 왜 묻나요

이름 확인하려고 불렀나요

보이지 않는 조작

누가 내게 가장 좋은 노래가 뭐냐고 물을 때
주저도 없이 애국가를 외쳤다
누가 내게 최고의 충성이 뭐냐고 물을 때
즉각 이승복 만세를 외쳤다
누가 내게 최고 스타일의 바지가 뭐냐고 물을 때
당연히 최고의 유행 나팔바지를 외쳤다
그렇게 배웠고
남들이 다 그러는 눈치이니
나도 당연히 그래야만 된다고 생각했다
외려 내가 먼저 나서서
잘하는 웅변력으로 만세 만세 또 만세를 외치고
애국가를 흥얼거리며
나팔바지로 바닥을 쓸어가며 폼 잡았다
열심히 조작 교육의 전령사 노릇을 했다
그러다 보면 진심이 되고
삶이 되고
그렇게 늙어가고

보이지 않는 조작은

보이지 않는 손보다 악랄하다
지배를 위한 권력의 논리
자본만을 위한 시장의 논리
그런 것들은 늘
보이지 않는 손보다
보이지 않는 조작 쪽으로
부등호의 아가리를 벌린 채
즉각즉각 왕창 삼켜버린다

복수

나의 복수가
하나도 이루어지지 않았다 한들
삶은 맑다

복수를 위해
온 생을 다 바쳐 살았으면 됐다

복수는
여전히 미래다

부지기수다

시골 장날
바둑의 '바'자도 모르면서
그 사실을 숨기고 고수와 돈내기 대결을 하는 하수가 있다
그리고 반 시간 만에 돌을 던졌다

하수가 먼저 바둑을 둔다
바둑을 전혀 모르다 보니 두는 곳마다
상대가 생각지 못하는 곳이다
고수인 상대방은 당황하여 첫수부터 깊이 고민한다

두 수째도 하수는 길게 고민을 거듭한 척하면서 겨우 놓
는다
물론 상대가 생각지 못한 곳이다
상대는 다시 장고를 거듭한다

세 번째 수도 그렇다
네 번째 다섯 번째 계속 그렇다

장고를 연거푸 하다 보니

몇 수도 안 가 반 시간이 훌쩍 지난다

그즈음에서 하수는 돌을 던진다
내가 졌소

그사이에 고수는
옆에 놓은 돈뭉치가 든 가방을 잃어버렸다

다시 돌아온 장날
고수는 선술집에서 국밥 한 그릇을 먹다가
우연히 옆 좌석에서 나오는 하수에 관한 얘기를 듣는다

아 그놈 떠돌이
그놈은 바둑의 '바'자도 몰라
오목도 둘지 몰라
돌 네 개를 나란히 놓고 오목이라고 우기는 그런 놈이여

이렇게 얼치기를 상대로 장고하는 고수들이 없을 것 같
지만

세상에는 부지기수다

빨갱이 놀이

1단계
홍범도를
좋아하는 놈들 잡아야 한다
항일애국자라도 북한이 좋아하면
매국노이고 반역자 테러분자이다

2단계
임시정부를
인정하는 놈들 때려잡아야 한다
김구라도 북한에 다녀왔으면
간신배이고 분열주의자 회색분자이다

3단계
친일파를
증오하고 저주하는 놈들 패 죽여야 한다
친일분자라도 미국이 인정했으면
애국자이고 충견자 대리권력자이다

4단계

북한의 국어 조선어

우리글 쓰는 놈들 모조리 죽탕을 쳐버려야 한다

우리글이라도 북한이 사용하면

지구 끝까지 추적 찾아 발골하여

씨를 말려버려야 한다

단 한 명도 남김없이

사람과 개와 정치

똥개들은
밥만 주면 된다
다른 게 필요 없다
주인을 지키기 위해 으르렁거리고
집을 지키려고 인기척만 나도 컹컹거리지만
주인이 해찰할 때
아무나 나서서 밥을 주고
슬그머니 그 자리 피해주면
잠시 경계하다가도
언제냐 싶게 처먹어 댄다

똥개 같은 인간들은
밥만 주면 된다
다른 게 필요 없다
남을 위해 살겠다고
국민이니 나라니 통일 따위 말을 씨부리며
입에 거품을 물지만
우리가 해찰할 때
국민의 뼛골을 빼먹고 사는 자들이

권력의 밥을 주고
똥구멍 살살 긁어주면
잠시 안 먹는 척하다가도
썩은 미소를 살짝 흘리면서
잽싸게 처먹어 댄다

개나 사람이나
밥만 주면 꼬리를 친다

사랑과 증오

사랑보다 더 큰 사랑은 없을까
그것은 증오

얼마나 사랑을 했으면
그토록 골수에 젖은 증오를 하는 것이냐

증오보다 더 큰 증오는 없을까
그것은 사랑

얼마나 증오를 했으면
이토록 목숨 바친 사랑을 하는 것이냐

사상의 술잔

사상의 술잔은 위험하다
결의를 하면 안중근의 단지가 되고
취하면 뒷골목 패거리가 된다

사상은 만인의 보편적 가치를 위하여 존재하는 것
사상을 흉내 내려 하지 마라
사상의 노예가 되지 마라
사상은 그 핵인 사람 안에 있고 사람이 사는 현장에 있다
땅속에도 물속에도 창고에도 스위스 비밀 은행에도
지구별 그 어디를 가도 현장 외엔 없다
수없이 많은 서로 다른 물고기들이 유영하는 바다 같은
현장에서
사상 또한 유영해야 한다
생각 견해 입장 노선 진로가 다른
온갖 사람이 노니는 삶의 바다에서
사상은 그저 유영해야 한다

사상의 술잔은 늘 위험하다
맹세를 하면 피를 먹는 혁명이 되고

취하면 형제마저 가르는 철천지원수가 된다

산증인은 그대

스스로 부족한 자는
그 부족함을
확인되지 않은 사실로 채우려 한다
교묘하게 포장하여 뒷말로 채우려 한다
자신이 한 뒷말이 외려 퍼지기를 기획하며 밑밥을 깐다

너에게만 말해주는 거야
라고

이를 들은 이는
한 치의 빗나감도 없는 예상 그대로
다른 사람에게 전파를 한다

확증 없는 말은
모자란 자들이나 믿는다는
어리석은 자들이나 퍼뜨린다는
그런 속설은 틀린 것이다

한쪽의 말만 들은 채

상대 쪽은 아예 확인도 하지 않은 채
계산에 따라 선택적으로 믿고
손익에 따라 퍼뜨리는 것이다

검증 노력에 취약하면서도
스스로 똑똑하다고 생각하는 이들일수록
이런 거짓 수렁에 쉽게 빠져들고
거침없이 배신의 칼을 휘두른다

진실이 아닌 것을
진실이라고 믿은 적이 있는가
있다면 그대가 산증인이다

상념

그대의 집을 가서 보았다
벽에 걸린 글귀
당당하게

나는 그대가 받은 촌지를 자랑하며
내게 술을 사고 아들의 선물까지 사들고
비틀거리며 귀가하던 뒷모습을 보았다

다음 날
그대의 어린 아들은 촌지 받고 신고를 당한
아버지의 앞모습을 현장에서 보았다

긴 세월 흘러
그대를 다시 본 순간
벽에 걸렸던 가훈
당당하게
그 글귀가 생각났다

그대의 아들이 선생이란 직업을 가진

지금

상한 리얼리스트 전사

우크라이나에서 러시아인을 쏴 죽이더니 다시
러시아로 가서 우크라이나인을 쏴 죽이는 한 전사가 있다

이런 자들은 세계 어딜 가도 꼭 한 명씩은 있다
우리 곁에도 물론 있다
역적일 수밖에 없는 소각 대상자가 있다

전선을 넘나들며
빨간 눈깔로 헤매는 이상하게 리얼한
참으로 미쳐버린 전사가 있다

그가 지금
우리를 공격하고 있다

서울대 출신

조직 생활을 할 때
가장 용납하기 힘들었던 것은

서울대 출신이라선가
능력이 안 되는데 조직의 중심에 있다

하
난 그를 동지라고 불렀고
지금은 배반의 간나구새끼라고 부른다

선

동지를 밀고하여 자신의 출세길을 찾은
밀정 출신 경찰이란 놈
어미 살을 뜯어 먹고 태어난 살모사의 눈으로
먹을 게 없으면 인간이라도 때려 잡아먹을 양으로
하루를 살아가는 저놈이 있는 한
대한민국은 지켜야 할 선이 없다

선
그으려 들지 말고
지키려 들지 마라

왜
빨간 신호등 앞에 서서
푸른 신호등을 기다리는가

소나무의 구별법

정원사도 목수도
그대를 온전히 사랑하긴 마찬가지

한 사람은 살려내기 위해
또 한 사람은 베어버리기 위해

소나무여
늘 푸르고 싶거든
늦기 전에 사랑을 구별하라

속성에 대한 단상

그대 옆에 있는 사람이
진실을 몰라 거짓에게 속는 것이 아니다
거짓이 자기에게 이익을 주기 때문에 진실을 외면하는
것이다
이런 왜곡된 반사 작용은 적들에게만 있는 것이 아니라
사람 일반이 갖는 생존 술수의 간사한 본능이다
이런 인간의 작용은
바람을 오래 맞는 나무가 더 굽듯이
나이가 많아질수록 심해진다

나답게 살고 있다고 착각하는 사람들은
그저 그 자리에 서 있을 뿐이면서
의연히 푸르게 서 있다고 말하는 것이다
그런 하찮은 나답게가 아니라
진정으로 나답게 사는 것은 외로운 일이다
이익을 좇는 자본의 세계에서
열에서 아홉을 버려야 하는 일이다
열 사람 중에 아홉 사람을 경계해야 하는 일이다

오늘도 내 곁에는
진영의 잇속이 버무려진 집단 속에 서서
진실이 아니란 걸 알면서도
용기 내어 진실의 편을 들지 못하고
세력의 눈치를 보고 있는
평소 다정하게 인사하고 지내는 지인이 서 있다

한마디로
세상은 늘 니미씨발이다

수군거리더라

배신자들이
국회의원 뺏지 차고
무슨 장관 완장 차고
어디 자문위원 속옷 입고
이도 저도 아니면
한갓진 이익단체 신발이라도 신고
어깨에 힘주고 걸어 본들

지금 네 옆 책상에 앉은 이도
수군거리더라
배신하고 온 놈이라고
이용 가치가 없으면 언제든지 버려질 놈이라고

말년에
지팡이 짚고 홀로 뒤뚱거리다가
쓸쓸히 엎어져 소멸할 놈이라고

승리

껍질뿐인 승리보다
피어린 패배가 승리다

아무도 없는 승리보다
그대가 곁에 있는 패배가 승리다

동지가 사라지는 승리보다
내가 불타는 패배가 승리다

삶은
투쟁은
모든 것이 승리다

시대가 달라졌어요

개도
가족인 시대

야 개새끼야
라고 내가 외치면
감사해요
라고 인사를 해주세요

반려를 부르는 소리는 응당 최고의 사랑이겠지요
그러니 야 이 개새끼야 대화 좀 하자
라고 말하면
좋아요
라고 대답하며 사랑의 키스를 해주세요
아휴 이 개새끼를 어떻게 해버릴까
이 개좆 같은 새끼를 어찌할까를 고민하며
배신이 사랑으로 감쪽같이 변해버린 그 언덕에서
달콤하게 입맞춤을 해주세요

개 같은 세상

개 씹 같은 현실

배신으로부터
사랑이 우아하게 달라졌어요

시효가 없는 양심

초등학교 3학년 겨울방학
가장 어려운 숙제는 일기 쓰기였다
개학 하루 전
머리를 싸매고 텅 빈 일기장 한꺼번에 채운다
가장 어려운 것은 날씨다
빈칸으로 남겨둔 채
개학 날 등교해서 친구의 일기장에서 베낀다

선생님이 숙제 검사를 마친 다음 날
나를 교단으로 불러내어
일기는 종화처럼 써야 한다고 칭찬을 하며
가장 잘 쓴 일기라고 학우들에게 소개하고
과제물 전시회에 내 일기장을 전시했다

이후
지금까지 그러지 않았다

아

감동과 비탄을 다 표현할 수 있는 말소리
아

정과 반이 함께 있는 것으로부터 배운다
나의 반대는 너가 아니고
의리와 진실의 반대는 배반과 거짓이 아님을

나의 반대는 너를 잊어버린 나이고
의리의 반대는 배반을 경계 못 한 의리이고
진실의 반대는 거짓을 소홀히 한 진실임을

잊지 말아야 할 이유
지우지 말아야 할 삶의 방식
아

아빠 그리고 배신

어린 시절
아빤 왜 반정부 활동만 하시냐고 따졌지요
아빠의 삶은 늘 못마땅했어요

세월이 흐르고
학교에서 거리로 거리에서 징역으로
다시 징역에서 공장으로 공장에서 거리로
또 징역으로
그렇게 만신창이의 상처를 입고
흰머리 날리며 굽어진 허리에 흔들리는 눈빛으로
우리에게 돌아왔습니다
그런데 당신이 입고 온 옷은
자신이 살아온 삶을 철거하는 용역자의 유니폼이었어요

돌아온 아빠가 기뻤으나
유니폼을 본 순간 그냥 어지럽습니다

나라를 위해 한 게 뭐가 있나요
이웃을 위해 나눠준 게 뭐가 있나요

조국을 위한 청춘의 고귀함을 단 한 번이라도 생각한 적
이 있나요
  그토록 소중하다시던 당신의 청춘은
  남을 위해 살아 본 적이 있나요
  북한은 지옥이 아니라고 소리쳐 본 적이 있나요
  나라의 통일을 위해 단 하루만이라도 생각해 본 적이 있
나요
  당신이 유니폼을 입은 순간
  이 모든 질문의 답은
  없습니다
  외엔 어떤 답도 사라지고 맙니다

  그저 나라를 위한 일을 방해만 했고
  이웃을 위해 사는 사람을 막아섰고
  조국을 위한 청춘들을 업신여기며
  맨 앞장에서 고래고래 소리 지르며 패악질을 일삼았다고
  반성하고 있는 당신이 지금 나의 아빠입니다

  아빠

어렵게 살아서 지긋지긋하게 고생했지만

그런 아빠가 참 밉기도 했지만

지금 당신의 모습

한마디로 아닌 것 같아요

오늘을 위해

사상전향을 위해

동지와 조직을 팔기 위해

얼마나 많은 눈치를 보면서

좌우를 기웃거리며 뒷골만 찾아 걸으며 살아왔을까요

언젠가는 기필코 오고야 말 오늘을 위해

준비한 구호

속았다 속았다 속았다

라는 딱 세 글자가 얼마나 그리웠을까요

아빠

낡은 팬티 끈만도 못한 삶의 인연

습자지보다 얇은 지조

하수구 속 구더기만도 못한 영혼의 절정을

배신이라고 당신이 말하지 않았던가요

그런데 눈물 나게도 그것이
오늘의 당신입니다

민중을 사랑하기나 한 것인지
민중이 지금의 당신을 위한 도구였는지
알 수 없는 오늘은

내 삶에 대한
나의 배신이기도 합니다
내 인생에 대한 나의 배신이기도 합니다

악령의 동지

군사 독재 시절
철이는 동지인 민이의 사업체를 가로챘다

국가보안법에 걸려 민이가 징역살이 하던 중에
믿고 맡겼던 철이에게 법적 소유권이 넘어간 것이다

20년 후
독재와 맞선 선봉장으로 포장된 철이는
나라의 높은 사람이 되었다

출소 후 지병이 심해져
호흡 대신 기침으로 연명하는 민이는
말도 안 되는 현실을 인정할 수가 없어서 마침내
제정신이 아닌 채로 정신병원 쇠창살에 머리를 내밀고
어제도 오늘도
매일같이 혼자서 중얼거린다

동지를 배신한 놈은 그가 신이라도
죽여버려야 해

콜콜 콜록

콜콜 콜록콜록

안전한 남자 문재인

정말
대단한 사람입니다
소름 끼치도록 무서운 사람입니다

건국 이래 최대의 이중 쇼를 즐기는 당신
100년이 지나도 칠성판 위에서
눈 없는 해골로
선악과만 쳐다보고 있을 당신

안전의 땅
약속의 땅을 버린 남자

당신이 바로
내가 믿는 신이 버린
안전한 남자의 완전한 실패작입니다

파란 기와집 계단을 내려오는 날
당신은 이미 폐인이 되었습니다

기억하겠습니다
당신이 잊은
당신의 희한한 안전을

더불어
당신이 우리에게 준
하루를 헤어나기 힘든 모멸과 함께 준
삶과 투쟁의 배신감

패배한 우리이지만
우리의 기억은 하늘도 못 따를 것입니다
기억하겠습니다

양아치의 가을

눈부시게 찬란한 가을
정치는 양아치다

저 햇살
제아무리 화사하게 휘감아도
내 나라 정치는
양아치다

피눈물 나는
배신의 생양아치다

어금니

어금니 두 개를 뺀 지
한 달 즈음이 되어
다시 어금니 한 개를 더 뺐다
빼고 박고
빼고 다시 박고
이젠 내 치아가 앞 치아 말고
남아 있기나 한 것인지도 잘 모르겠다

삶의 어금니였던 그대가
함께했던 지난 시절을 버리고
배신과 배반으로 썩어가는 지금은
사랑이 뭣인지도 잘 모르겠다

버리기 전 묻고 싶다
사랑을 하긴 했는지를

사랑이
썩은 어금니처럼 소멸하는 오늘

어둠의 복수

검찰 감치소 독방 벽에
김소희 니 보지 기필코 찢어버린다
라고 벽에 새겨져 있었다

하루 대기방이었지만 소희의 거기가 궁금해졌고
내가 사는 옆방 사형수 강 씨가
감치소 글발의 주인공이란 걸 알기까진
그리 오래 걸리지 않았다

강 씨에게 담배* 한 개비 얻어 피우던 이슬비 내리던 밤에
뺑끼통*에 달린 창살 새로 살인의 공포를 소근히 들었다
동거했던 소희의 고소로 잡혀 와서
배신감을 이겨내지 못하고
출소하자마자 그 여자뿐만 아니라
경찰이던 오빠의 목까지 따버렸다는
그래서 다시 들어와 얻은 게
붉은 사형수 명찰이란 것을

* 징역에서 사형수는 몰래 담배를 구할 수도 있다
* 징역에서 사용하는 화장실의 별칭

어렵다

철딱서니 없는 사람이
철딱서니 있는 사람에게
철딱서니가 없다고 꾸지람한다

누가 봐도
바람에 날리는 조그만 종이 한 장이
방 안에 있는 두꺼운 국어사전을 꾸짖는 격이다

문제는
그 꾸지람을 깊이 새겨듣고 있다는 거다

세상 참 어렵다
상식 참 어렵다

여기

치졸한 것
더러운 것의 기준이 다
저마다의 생각대로인 것이 여기

시인도 소설가도 산문가도 다
자기 생각대로 정의인 여기
바라보는 곳과 장소와 나이에 따라
이견이라는 이름으로 정반대인 여기
그러면서 우리는 하나다를 외치는 여기
어떤 것을 얻으려 하는지를
어떤 것을 버리려 하는지를
말만 듣고 판단했다가는 하룻밤에 코가 사라지는 여기

그래도
라는 말을 달고 사는 사람이 너무 많은 여기
좋으면 좋고 나쁘면 나쁘다가
전혀 통하지 않는 여기

하루아침에 동지가 원수로 되는

여기

옛날에 문재인이란 사람이 있었다

열심히 살려고
공수부대 나온 것까지 자랑하며
또 열심히 공부하여 변호사가 되었다
이런저런 이유로 살다 보니
이런저런 이유로 정치판에 발을 들여놓게 되었고
자신의 상관이 죽어버리니 운 좋게도 자신이 조직에서
대장 노릇을 하게 되었다
엎친 데 덮친 격으로 권력을 쥔 반동 정권이
국민의 악착같은 투쟁으로 인해 물러나게 됨으로 인해
드디어 국민의 대장인 대통령까지 되었다

반드시 이루겠습니다

그는 반드시 이루어 내겠다는 말을 남발하며 대통령을
향해 달렸고
대통령이 된 후에도 가는 곳마다 정의로운 말이란 말은
다 동원해서
반드시 이루어 내겠다는 말을 조불거리며 붓을 들어 글
을 남기기까지 했다

아
이룬 것 없이 4년이 흘러버렸다
이루겠다는 그 말 공염불처럼 남아버렸다

허망했다
생각할수록 고민이 되었다
뭣하러 대통령이 되었을까
왜 대통령을 하려고 그토록 발악을 했을까
별 빛나는 밤에도
빛 찬란한 아침에도
시도 때도 없이 드는 그 의문이 꼬리의 꼬리를 물고 나
를 따라다녔다

그는 임기 말기에 검증도 되지 않는
뿌리도 없고 족보도 없는 이상한 놈 하나 밀어주더니
그 묘한 놈에게 정권을 넘겨주고 뒷짐 지고 촌으로 내려
가버렸다

왜 그랬을까

별 없는 밤에도

빛 가려진 아침에도

눈만 뜨면 가림 없이 달라붙는 그 의혹이

둥둥 소리를 내며

지금도 나를 매일같이 째려보고 있는 것이다

염치를 모른 채 뭘 잘못했는지도 알 바 없이

마냥 책 소개나 하면서 놀리는 저 주둥이를 가리키며

큰 소리로 나를 책망하고 있는 것이다

완장

직위로 살면 만사가 해결된다고 생각하지 마시게
팔뚝에서 떨어지고 나면 그만이지 않겠는가

그대의 위용도
처음은 영원할 것 같지만
순간처럼 지나버린 시간에서 역할 다하고 나면
내가 뭘 했나를 물을 정도로 허망한 것 아니겠는가

있을 때 잘해야 하지 않겠는가
빛날 때 서둘러 잘하면 되지 않겠는가

시간 흐르고 난 뒤
흰머리 몇 가닥으로
빛바랜 자신을 만지작거리지 말고
푸른색 완연할 때
진정한 소명을 다해야 하지 않겠는가

처참한 오욕의 역사를 청산하겠다는
청춘의 진실들 모조리 방관한 채

늦가을 낙엽이 되어 나뒹굴어서야 되겠는가

제아무리 덜 떨어진 완장이라도
값은 해야 하지 않겠는가

배신이라는 냄새가 솔솔 풍기는 그 완장
세탁이라도 해야 하지 않겠는가

원인

나를 위해 남을 밟는 짓은 간악한 짓
거짓을 무기로 남을 밟는 짓은 정말 간악한 짓
거기다가 조직과 만인을 위해서라는 허울까지 쓰고
남김없이 짓밟아버리는 짓은 세상에서 제일 간악한 짓
그것도 모자라 한술 더 떠
주위를 꼬드겨 무리까지 형성하여 거짓을 진실로 바꾸
는 짓은
그야말로 제일중의 제일 간악하고 간악한 짓이다

이런 짓이 주변에서 자주 발생하는 원인은
불의에 대한 현실을 보고도 잇속에 따라
입을 다물거나 외면하는 우리에게 있다

행동하지 않는 한
괴물 같은 배신의 원인도
나에게 있다

위원장 선생

선생님
집행책임자를 볼 때마다 간담이 서늘합니다
뭔가 문제가 있어요
좋은 기운이 아닌 경계의 기운이 온몸으로 파고듭니다
둘레둘레 눈치 보는 듯한 저 눈빛이 나를 너무나 힘들게
합니다
집행책임자의 신원은 확실합니까

박 동지에게 문제가 있는 것 아닌가요
동지를 눈빛으로 판단을 하다니
자기비판 해야겠습니다

보세요 위원장님
전 달에도 강연 내용이 이상했어요
보세요 위원장님
뭔가 유도하는 듯한 그의 대화법은 깊은 의구심을 들게
합니다
보세요 위원장님
무슨 일이든 물귀신 작전으로 누군가를 끌고 들어가려

는 저 태도를

박 동지에게 문제가 있습니다
내 눈에는 하나도 보이지 않습니다
확실합니다
다른 간부들도 확실합니다
현장에서 굴을 대로 굳은 최고 수준의 동지들입니다

더는 할 말을 잃었던
세월이 지나고

그가 배반의 옷을 입고 나타난 오늘
그의 눈빛은 그때 그 눈빛과 완전히 똑같다

이왕 그러려거든

자기만의 편향에 노출되어
군중의 파도에 휩쓸려 가려거든
객관적인 잣대가 가는 곳마다 달라지는 이상한 계산법
을 들고
마이크 잡은 자의 목소리만 따라 무조건 만세만을 외치
려거든
급기야 누가 시키지 않아도 그 목소리가 태산을 넘도록
광기의 허장성세로 고래고래 악을 쓰려거든

이왕 그러려거든
소리만 듣지 말고 삶을 따라가는 눈빛도 살펴보라
어차피 그러려거든 차라리
마이크 앞에 보이는 얼굴만 쳐다보지 말고
손 밑에 펼쳐진 원고의 한쪽 구석
깨알 같은 작은 글씨도 잘 살펴보라
죽을 때까지 게거품 물고 그러다가 소멸하려거든
지르는 구호 소리에만 묻히지 말고
그들이 가고 있는 다리가 어디를 향하는지도 보라

누가 썼는지를
누가 만들었는지를
왜 그랬는지를
어디를 향하는지를
배반은 또 어디에 숨어 있는지를
보라

그런 연후에는
미친놈이 되어도 좋다
무너져도 좋다
죽어도 좋다

인간뿐이다

신도 모르는 것을 가지고
신을 만드는 것이 인간이다

신도 모르는 것에 현혹되는 동물
오직
인간뿐이다

잣대

나만의 잣대로는 아무것도 잴 수 없다
재 봐야 자기만의 수치일 뿐
상대의 잣대는 따로 논다

상대방의 잣대로 나를 재 볼 때
상대의 치수를 알 수 있게 되니
서로의 잣대가 같아질 수 있도록
노력하는 것이다

각자의 잣대는 왔다 갔다 하면서
키도 서로 재 보고 살짝 길이를 줄이기도 좀 하고
그러면서 다투기도 하고 다시 합의하기도 하지만
쓸모없는 막대기로 변하는 순간이 있다

바로
배신과 거짓말
이라는 현실을 직시하는 그곳
그 순간이다

잣대의 최고 경지는
배신자의 키를 재는 것이다

지금부터 있다

어느 집단을 가나
갈 길을 방해하는 자 하나는 있다

외부의 저항보다
내부에서 훼방질하는 하나가
모든 분열의 원인이 된다

자신의 잇속 때문에 대의를 밀치려는 자
반동 처단의 대의를 밀치려는 자
속도를 늦추려는 자 타협하려는 자
지금부터 눈 크게 뜨고 보라 꼭 있다
그런 자 튀어나오는 즉시
단숨에 목을 베어버릴 칼이나 있는가
잘 지켜볼 파수꾼은 있는가

어디를 가도 반드시 있다
그대 있는 거기 서울특별시에도
나 있는 여기 깊은 산골에도 있다

진실 1

자기가 하면 맞고
남이 하면 틀리다고 말하는 주둥이는
세상에서 제일 나쁜 물건이고

남을 위해 일을 하고도
욕만 허천나게 얻어먹는 발목은
세상에서 제일 미련한 관절 덩어리고

잇속과 명예를 찾아
동지를 이간질하는 심장은
세상에서 제일 더러운 내장이다

그럴 수도 있는 것은 진실이 아니다
그래야만 진실이다
제일 나쁘고
제일 미련하고
제일 더러운 것들 속에서
반드시 그래야만 하는 것
그것 하나만이 진실이다

꽃의 진실은
향기에 있는 것이 아니라 뿌리에 있다

진실 2

멀리서 보니
난파선 위의 점 하나

가까이 다가가니
점은 사람이었다

찾지 않으면
사라지고 마는
바다 위
점 같은 것

배반의 점에 가까이 가면
진실이 보인다
사람이 보인다

집단 무뇌

눈이 하나밖에 없는 집단에 가면
두 개 달린 눈이 끼일 자리조차 없는
모조리 외눈박이뿐인 동산에 가면

멀쩡하게 두 개가 달린 이들도
스스로 나서서 외친다
나는 한 개라고
한 개가 나누어졌을 뿐이다고

오로지 요상하고 묘한 것은
눈깔 두 개짜리다
한 개짜리 집단 속에 섞인 두 개는
두 개임을 죽을 때까지 인정하지 않으려고 한다

자신의 잇속을 위해 두 개짜리를 배반하고
두 개이면서도 한 개짜리 언덕으로 스며드는 것이
살아남을 수 있는 유일한 방법인 것처럼
집단 무뇌 속에 섞여 발악을 한다

쪼다새끼들

러시아가 어디 제대로 된 나라냐고
게거품을 무는 이상한 것들이 있다

좋다
그럼 제대로 된 나라 한번 가져와 보라 내 앞으로
호주머니에 막 쑤셔 넣은 채로 달리기로 뛰어서
얼른 가져와 보라

웃지 않으려야 않을 수가 없다

그래 그러는 너희에게 묻는다
야당 대통령 후보에게 총질이나 하는 나라가 제대로냐
자국의 이익이 줄어드니까 무조건 상대방을 죽이려고
미쳐 날뛰는 나라가 제대로냐
지금이 어느 시대인데 아프리카에 들어가서 아직도
강제로 헐값으로 기름과 황금을 캐 가는 나라가 제대로
냐
하루고 이틀이고 십 일이고 한 달이고 대책 없이 굶은
채로

말라 죽어가는 아이들을 보고도 그 발밑에서

끊임없이 땅속 보물들을 몰래 캐 가는 나라가 제대로냐

전쟁으로 남의 나라 사람이 죽는 것에는 아무런 관심도 없고

오직 그 나라에 있는 재물만 보는 살육의 눈밖에 가진 게 없는

그런 나라가 제대로냐

이익을 위해서라면 어떤 종류의 거짓말도 다 만들어

남의 나라를 침략하고 거대 재물을 약탈하는

그런 나라가 제대로냐

이런 하루를 보고도 선후 가릴 뇌도 없이

약탈자들이 텔레비전에서 선창으로 외치면

앞뒤 구별할 생각은커녕 무조건 앵무새처럼 따라서

러소포비아나 외치고 상대방을 적으로 모는 인간들이

순대 속처럼 많은 그런 나라가 제대로냐

그래 한 번 더 묻는다

러시아가 제대로 된 나라가 아니면

그렇다면 너희의 나라는 제대로냐

착취의 꼭대기에서 떵떵거리며

백성들에게 호통이나 치며 배때아지나 불리고 있는

벌거지들이 드글드글한 너의 나라가 제대로냐

자신의 비리를 막겠다고 나라의 계엄을 휘두르는

그런 미쳐버린 대통령을 둔 나라가 제대로냐

동포를 동포라 부르지 못하고

어쩌다 한번 불러 보기라도 하려면

슬그머니 고개를 돌려 두리번거리다가

모기 뒷다리 비비는 소리보다도 더 작게

겨우 불러 보는 그런 나라가 제대로냐

국가가 정한 국경일을 스스로 지키지 않고 반반으로 나

뉘어

피 터지게 싸우고 있는 그런 나라가 제대로냐

민족의 강토와 동포의 목숨을 도륙한

강도 일제 놈의 가랑이 밑이나 기어다니던 매국노들에게

나라가 독립한 후에 다시 그 나라를 다스리게 해주는

그런 나라가 정녕 제대로냐

묻다 보면 피가 끓어

하루를 묻고 다시 3일 동안 묻고도 부족하겠다

이 치욕스런 반동의 세월이 변하지 않는다면
평생을 울부짖어도 모자라겠다

뭣이라고
러시아가 어디 제대로 된 나라냐고
사대 매국의 껍데기 걸치고
가짜와 반동의 나팔수나 따라다니며
돈 냄새에 환장해서 배신 배반의 좃대강이나 내미는
이 쪼다새끼들

차암 더럽다

경향신문 12월 29일
'노인 비하' 민경우
"우수한 일본 청년들이 조선 식민지 개척했다"

하
저 신문 헤드라인 좀 봐

우수한 청년
식민지 개척이라니

반동의 품에 안겨 옛 동지를 도륙한 대가로
완장을 차고 궁을 짓는 모습치곤
차암 더럽다

강도 놈들은 우수한 청년이 되고
짓밟힌 순결한 땅은 식민지 개척이 된다
우리는 무엇을 품고 살아야 하는가

차암 더럽다

충분히 속았다

날씨 좋으면 풍작이라는 말
믿지 말자
봄도 가을도 먹고 살기 힘든 한

뿌린 대로 거둔다는 말
아예 믿지 말자
뿌린 놈 따로 있고 거두어 간 놈 따로 있는 한

가진 것 없어도 함께 가자는 말
행여나 믿지 말자
행동으로 보여주지 않는 한

사랑한다는 말조차
결단코 믿지 말자
심장을 꺼내 보여주지 않는 한

그만 속자
충분히 속았다

치밀한 빈틈

해는 뜨는 곳이 똑같다고
결코 해찰하는 법이 없다고

뜨는 곳을
열두 달로 나누면
일곱 번이나 바뀌는 해를 보고
위치 불변의 태양이라고 철석같이 믿는
굴절된 확신으로
삶의 빈틈을 채워 온 이가
세월이 흘러 잘못됐다는 것을 알게 되었을 땐
이미 늦어버린 듯
살아온 삶이 아까운 듯
자신의 오류를 절대로 인정하지 않고
외려 거짓을 더해
이간질까지 모아 악착같이
허위와 반동의 광기로 메꿔 가는 틈

치밀한 빈틈
악마의 빈틈

늘
곁에 있다

한때 동지

고문실에 누우면
모든 것을 버리면 된다
고통마저 버려라
그러면 통증도 모르게 된다

그렇게 학습을 받은 자는 실천했고
그렇게 교육을 시킨 자는
고문을 이겨내지 못하고 동지들의 이름을 불었다

받은 자는 죽고
시킨 자는 살아 있다
반대편에서 낯짝 휘둘러대며 떵떵거리고 있다

행복할 시간이 없다

내 어메를 때려죽인 놈이
이젠 내 아들을 돕는다
나는 그놈에게 감사 인사를 한다

그리고는
내가 언제 어메를 죽인 것에 대해 감사하다고 했냐
내 아들을 돕고 있는 것에 감사하다고 했다

이런 내가 사람인가

사람의 형틀만 있는 내가
대한민국이란 나라엔 왜 이리 많은지
정말이지 행복할 시간이 없다

현실

내가 하도 배가 고파서
이스라엘은 시베리아 지역이고
러시아는 아프리카 영역이고
할머니가 놀러와서 화성으로 떠나고
옹달샘에서 소금을 캐고
잠이 안 와서 그냥 죽는다

이렇게 글을 써도
댓글에 좋아요를 표현한다
현실이다

삶의 반동 앞에서
어제까지 한 이불 덮던 배신 앞에서
사람들은 그저 그들과 춤을 추고 놀아난다
과거에 함께했다는 이유만으로
과거에 자신이 그들을 옹호했다는 이유만으로
그들의 배신과 반동을 인정하려 들지 않는다
오기인 듯 실성인 듯 갈수록 그들의 주장에 빠져든다

아

난 무엇으로 생각하는가

환장하겠구나

일곱 살이었던 아들
단이를 데리고 목욕탕을 간 적이 있다
안내소에서 여섯 살이라고 말하고 목욕값 할인을 받았다
갑자기 단이가 큰 소리로
아빠 나 일곱 살이야

하
여섯 살이라고 서로 입 맞추기로 하고선
이게 무슨 상황인가

죄송해요
죄송해요

그때
아들에 대한 배신감보다 먼저
창피해서 사람 환장하겠더라

오늘 지금
옛 조직 성원의 배반으로 인해 내가 환장하겠구나

138

너를 향한 분노의 배신감보다
우선 당장 창피해서 사람 정말
정말 환장하겠구나
환장하겠구나

회색빛 사진

학창 시절 학생운동 단위
야유회 단체 사진을 들춰 보다가
그가 보였다

벗들 속에 섞여 있었다
1982년 함께 물장구치며 찔레 따 먹던 추억이 있고
벗을 잃고 어쩔 줄 모르며 눈물을 나눠 마시기도 했고
서부경찰서 유치장에서 동지애를 쓰다듬던 기억과 함께
했던
그가 보였다

20년의 세월이 흘러 다시 만났다
국정원에서
그는 수사관으로
나는 국가보안법상 회합통신 잠입탈출자로

흐린 날 노래가 없었다면

노래가 없었다면
나는 칼끝을 걸었던 청춘 시절을
지나오지 못했으리

노래가 없었다면
그것도 저항의 노래가 없었다면
나는 피범벅뿐인 이 길을 절대 택하지 않았으리

노래가 없었다면
삶의 무기 노래가 없었다면
아마 지금 살아 있지도 못하리

오
노래여
무기여 동반자여
자유여 민주여 사랑이여
목숨보다 소중한 나의 노래여

흐린 날 그대가 없었다면

바람 부는 날 그대가 없었다면
설한풍 에이는 날 그대가 없었다면

발문

박종화의 사랑에 동의한다

김해화 시인

나는 저 산만 보면 피가 끓는다/눈 쌓인 저 산만 보면/지금도 흐를 그 붉은 피/내 가슴에 살아 솟는다/불덩이로 일어난/전사의 조국 사랑이/골 깊은 허리에도 울부짖은 가슴에도/덧없이 흐르는 산아/저 산맥도 벌판도/굽이굽이 흘러/가슴 깊이 스미는 사랑/나는 저 산만 보면 소리 들린다/헐벗은 저 산만 보면/지금도 울리는 빨치산 소리/내 가슴에 살아 들린다 ―「지리산」

이 노래「지리산」을 빼놓고는 박종화를 이야기할 수 없다. 마산이었을 것이다. '베꾸마당'이었을 것이다. 노동자문화운동을 하는 단체들이 바깥으로 나들이 가기로 한 날 비가 내려서 지하 공간에 모여 둘러앉아 술 마시고 담배 피우고 노래도 부르면서 놀았다. 담배 연기 자욱한 속에 한 동지가 일어나서 「지리산」을 불렀다. 1990년 무렵이었다. 처음 듣는 노래였다. 광주에서 왔다고 했다. 피가 끓었다. 지금도 박종화의 「지리산」을 들으면 피가 끓는다. 「지리산」은 이런 노래다.

세기가 바뀐 2000년 이후 어느 즈음에 박종화를 다시 만났을 것이다.

나는 발목이 부러졌다는 핑계로 13년 동안의 마산 창원 살이를 접고 순천으로 삶의 터전을 옮겼다. 마산 창원의 노동자문예운동에서 전남 순천 광주지역 민족문학운동으로 문예운동의 영역이 바뀌었다. 새로운 동지들을 만나던 중에 5월 행사의 어디쯤이거나 또는 김남주 시인 추모 행사의 어디쯤에서 박종화와 자연스럽게 만나 술잔을 나누고 「지리산」에 대한 찬사를 쏟아냈을 것이다.

내가 태어나서 자란 주암은 여순항쟁의 불길이 휩쓸고 간 곳이다.

조계산으로, 모후산으로 숨어든 사람들은 백아산으로, 지리산으로 더 높고 깊은 산으로 가서 돌아오지 않았다. 하늘에서 내려온 선녀보다 더 이쁜 처녀도 있고 모후산 호랭이보다 힘세고 날쌘 청년도 있었다. 그들은 이름도 남기지 않고 역사에도 새겨지지 않고 어머니의 아쉬움과 할머니의 그리움으로만 남았다. "잘나고 똑똑헌 사람들은 그때

다 산으로 가부렀어야. 세상에는 암짝에도 쓰잘데기 없는 검부재기만 남았재." 할머니는 마루에 앉아 멀리 모후산 쪽을 바라보면서 탄식을 하셨다. 할머니 생각에 암짝에도 쓰잘데기 없는 검부재긴 줄 알았던 것들이 엉겨 붙어 일제 식민지를 계승한 대한민국이라는 새로운 식민지를 만들어 가던 시절이었다. 나이 어린 나는 그때 그 반란에 관한 이야기, 산으로 가서 산山사람들이 되어버린 청년들에 관한 이야기, 진압군에게 잡혀 와 생식기에 나무 말뚝이 박혀 죽은 빨치산 처녀의 죽음에 관한 이야기들을 들으면서 자랐다.

나는 저 산만 보면 소리 들린다/헐벗은 저 산만 보면/
지금도 울리는 빨치산 소리/내 가슴에 살아 들린다

2000년 순천으로 온 뒤 나는 본격적으로 산으로 간 사람들의 자취를 찾아 조계산, 모후산 골짜기들을 훑고 다녔다. 수많은 환청을 만났다. 환청은 조계산이나 모후산 외에 다른 여러 골짜기에서도 만날 수 있었다. 산은 나에게 무슨 이야기를 두런거리며 들려주려고 한 것일까? 알아듣지 못했으니 그 내용은 오로지 내 상상력의 몫이었다. 남도의 산을 보면 지금도 소리가 들린다. 총소리가 이어진다.

나는 노래를 못한다.

노래를 부르지 못하는 것이 아니라 노래를 부르면 노랫말도 제대로 외우지 못하고 박자도 곡조도 제멋대로인 음치다. 그러니 노래하는 박종화는 참 부러운 동지다. 그런데 박종화가 진짜 시인이라는 것을 늦게야 깨달았다. 해마다 5월이면 광주의 망월동 구묘역에서 작은 음악회가 열렸다. 그 무대에서 박종화가 시 낭송을 했다. 나는 시인들의 시 낭송을 듣고 그 시인이나 시를 평가하는 못된 버릇이 있다. 자신의 시를 책 읽듯이 읽어 내려가는 시인들이 있다. 눈으로 보았을 때 괜찮은 시였는데 그런 시 낭송을 듣고 나면 아이고 저런 것도 시냐는 생각을 한다. 자신의 시를 자기 가슴에 한 번이라도 온전하게 담아 본 시인이라면 자기 시를 그렇게 책 읽듯이 읽어 내려가지 않는다. 그런데 박종화는 진짜 시인이다. 박종화만큼 시 낭송을 제대로 하는 시인은 대한민국에서 몇 되지 않을 것이다. 그런 박종화의 시를 아쉽게도 자주 만나지는 못했다. 그가 부르는 노래를 들으면서 그의 시를 듣는 수밖에 없었다. 그렇게 보면 그의 노래는 시 아닌 것이 없다. 절절하게 가슴 깊이 스며드는 노래보다 더 뛰어난 시가 어디 있겠는가. 「바쳐야 한다」, 「파랑새」, 「분단의 어머니」, 「세월이 갈수록」 등등 절창 아닌 노래가 없지만 글을 쓰다 말고 문득 떠오르면 두서없이 아무거나 찾아 듣는 노래가 바로 그의 노래다.

　박종화가 전화를 했다.

"지금 내가 무엇을 쓸 수 있을까." "형 뭐라도 좋아."

페이스북 메신저로 원고를 받았다. 원고 파일을 받아 놓고 한동안 열어 보지 못했다. 14시간은 철근에 묶여 있고 남은 시간은 밥 먹고 잠들어 죽어 있었다. 4월이 되어서야 부랴부랴 받은 원고를 인쇄해서 책상에 올려놓고 잠깐씩 들여다보기 시작했다. "형 발문이 아니면 표사라도 괜찮아." 다시 문자가 온다.

"배신과 배반 분열의 분탕질과 뇌피셜에 빠진 이간질 따위가 시 한 편도 아니고 한 권의 시집 전체의 주제가 되어야만 하는 삶을 살았나 보다" 이렇게 시작되는 시집 원고를 읽으면서 박종화는 가슴으로 시를 짓는 시인이라는 것을 알 수 있었다. 머리로 쓴 시가 아니라 가슴으로 지은 시라면 나도 가슴으로 글을 지으면 되겠구만. 더구나 내 가슴에도 배반의 시대를 견디는 분노의 강이 끓어 넘쳐흐르고 있으니 무엇을 써도 괜찮지 않겠는가.

"세상에는 암짝에도 쓰잘데기 없는 검부재기만 남았재."

그렇다. 그 검부재기들이 만든 세상이니 올바른 것이 존재한다는 것 자체가 어울리지 않을지도 모른다. 대한민국은 항일 전사들이 일제로부터 해방된 조국에서마저 강점기의 매국노 경찰과 군인들에게 고문당하고 학살당하는 비참한 역사를 시작으로 출발하였다. 그 뿌리는 80년이 흐

른 지금도 변함이 없다. 1980년 광주에 동원되어 학살을
자행했던 군대는 2024년 윤석열의 계엄령에 동원되어 총
칼을 앞세우고 국민을 공포에 떨게 했다. 경찰은 권력과
자본의 하수인이 되어 노동자, 농민, 시민을 여전히 가로
막고 있다. 노동운동 학생운동 민주화운동의 중심에 서 있
던 이들이 이제는 권력과 자본가들의 편에 서서 말도 안
되는 소리를 지껄인다.

  윤석열 탄핵정국에 박종화는 광장에서 촛불대열에 함께
했다. 그러니까 투쟁 전선에 서 있었다. 함께했다고 모두 동
지는 아니다. 윤석열 탄핵이 이루어졌으니 승리한 것인가?
어찌 되었건 전선에 서 있던 사람들은 흩어질 것이고 누군
가는 동지로 남고 누군가는 또 배반하고 배신할 것이다.

    사랑보다 더 큰 사랑은 없을까/그것은 증오//얼마나 사
    랑을 했으면/그토록 골수에 젖은 증오를 하는 것이냐//증
    오보다 더 큰 증오는 없을까/그것은 사랑//얼마나 증오를
    했으면/이토록 목숨 바친 사랑을 하는 것이냐 ─「사랑과
    증오」전문

  사랑의 반대말은 미움이 아니라 무관심이라고들 한다.
이 시집은 배신에 관한 시로 채워져 있다. 배반에 관한 안
타까움과 미움과 증오, 슬픔이 담겨 있다. 배신하고 배반

하여 떠난 자들에 대한 사랑이 아니라 동지들과 함께했던 가치와 원칙에 대한 사랑이라는 것을 누가 모르겠는가.

　나는 박종화의 분노에 동의한다.
　슬픔에 동의한다.
　사랑에 동의한다.

문학들시인선 038

치밀한 빈틈

초판1쇄 찍은 날 | 2025년 4월 21일
초판1쇄 펴낸 날 | 2025년 4월 28일

지은이 | 박종화
펴낸이 | 송광룡
펴낸곳 | 문학들
등록 | 2005년 8월 24일 제2005 1−2호
주소 | 61489 광주광역시 동구 천변우로 487(학동) 2층
전화 | 062−651−6968
팩스 | 062−651−9690
전자우편 | munhakdle@daum.net
블로그 | blog.naver.com/munhakdlesimmian

ISBN 979−11−94544−13−5   03810